Abe Isao Senryu collectio

川柳作家ベストコレクション

阿部　勲

ほろ酔いがいい人生の酔い心地

The Senryu Magazine
200th Anniversary Special Edition
A best of selection
from 200 Senryu writers' works

新葉館出版

川柳はウガチである。
常識のメガネを外すと、真実が見える。
それを詠むのが川柳であり、ウガチである。

川柳作家ベストコレクション

阿部 勲

■ 目次

川柳作家ベストコレクション

阿部　勲

第一章　句会吟の部

（題・アイウエオ順）

改憲のアクセルそっとそっと踏む　（アクセル）

記念日をどもって妻に叱られる　（あやふや）

五時からの自前の声がよく笑う　（息抜き）

息抜きを指にさせないスマホ病　（〃）

金の卵割ってしまった愛のムチ　（勇み足）

改革のトゲに弱者が狙われる　（痛い）

日中へ旗色を消す星条旗　（板挟み）

天国も地獄も行けるアルコール　（〃）

省エネのパンフレットは江戸で刷り　（受け売り）

メール開け悪魔の哄笑と出会う　（うっかり）

中国のよだれに海が汚される　（海）

散骨の海想い出を軽く飲み　（〃）

宇宙基地手塚治虫の卦が当たり　（占い）

カタログの小道で夢と手をつなぐ　（エンジョイ）

ゴキブリは拝まないから叩かれる　（拝む）

本棚でもう拝まれぬ資本論　（〃）

裏口で諭吉の声がよく通り　（奥の手）

永田町おとな未満の声がする　（おとな）

ガイジンを排斥差別語が狂う　（外国人）

あきらめぬ願いへ売れる化粧品　（祈願）

韓国が戦の傷を売り歩く　（傷）

アベノミクスの効くと思えば効く薬　（気は心）

ふところの辞表羊を虎にする　（肝っ玉）

逆転はない老化との負け戦　（逆）

ブティックの棚で高価な黒電話　（旧式）

する方も介護されたい介護の日　（くたくた）

モネ展でモダンアートの眼を洗う　（口直し）

再婚の皿毒消しを盛り付ける　（〃）

単純な話が好きなコップ酒　（グラス）

受け皿に見得を切らせるコップ酒　（〃）

偉人の名付けて我が子に恨まれる　（比べる）

下戸の酌猪口のリズムを狂わせる　（下戸）

遅刻したことは言わない結果論　（けろり）

玄関はこっちと羽田旗を振る　（玄関）

諺に千万言が詰め込まれ　（濃い）

高層の酒富士山に酌をさせ　（ゴージャス）

過疎の夜ギリシャ神話を空に描く　（〃）

耳打ちへ噂は裏口を駆ける　（こそこそ）

オレオレのタクトは闇の中にある　（〃）

自惚れという虚構の足で立っている　（誤解）

細密画絵筆の根性に負ける　（根性）

母の座でずしりと育つど根性　（〃）

大化けと呼ばれ噺家開花する　（咲く）

少子化へ狂うニホンの羅針盤　（さ迷う）

寒いから別れずにいる腐れ縁　（寒い）

ブラック企業汗を安値で搾り取る（〃）

制裁の場で抜け穴が主演する（シーン）

女子会で感情線がほどけない（しがらみ）

呼び出しが一番怖い死刑囚　（時間ですよ）

やっと来た時効人生晴れ渡る　（〃）

居酒屋の血圧九条が上げる　（刺激）

諭吉には下着を着せる熨斗袋　（下着）

プライドが撃沈された紙オムツ　（沈む）

プロポーズどもった舌に絆される　（しどろもどろ）

ふるさとで象の時間に切り替える　（シフト）

脇役に回り皺にも演技させ　（〃）

プライドの皮膚褒貶へ薄すぎる　（弱点）

嘘つかぬ舌が異動に飛ばされる　（正直）

子の舌がママの手抜きを言い当てる　（ずばり）

理想論一人相撲を取り続け　（相撲）

延命のチューブに死神が焦れる　（ずるずる）

ノーベルが宙吊りにするハルキスト　（〃）

リコールを渋り面子が穴を掘る　（世間体）

明日を嗅ぐ鼻が世界を制覇する　（センス）

国境が平行線を書き続け　（〃）

和菓子屋の四季を咲かせるウインドー　（造花）

大学の値札を予備校が付ける　（相場）

母の日の余りが父の日に届く　（空々しい）

急がない時計が象の檻にある　（泰然自若）

合コンにタイプの見本市がある　（タイプ）

若者の琴線を知るJ－POP　（タッチ）

かさぶたに同情心が触れたがる　（〃）

蘊蓄を棚に並べるコレクター　（棚）

釣堀で時間を放し飼いにする　（楽しい）

国連のラインダンスが揃わない　（ダンス）

足を踏むダンスで与野党が遊ぶ　（〃）

出張のうま味を消した成果主義　（ついで）

票田の鍵を持ってる七光り　（伝手）

弁護士の舌ワセリンが塗ってある　（つべこべ）

映画館出口で現実が襲う　（出口）

象撫でてエコノミストがよく喋る　（手探り）

東京に知事が転んだ椅子がある　（東京）

断り状十二単を着せて出し　（遠回し）

ペンシルビル都会の地価が天を刺す　（尖る）

ＣＤに談志の毒が保存され　（毒）

ふるさとの地酒訛った味がいい　（訛り）

背番号ファンが選手を着て歩く　（ナンバー）

各論の鍋で総論煮崩れる　（煮る）

ニッポンが煮崩れて行くちゃんこ鍋　（〃）

サービス残業主婦にない基準法　（働く）

内戦へテロが弾んだ足で来る　（はしゃぐ）

ストレスを蹴る五時からの無礼講　（〃）

人肌の温みが路地に生き残る　（肌）

老後ルンルン趣味の布石を刈り入れる　（ぱっちり）

日銀の金庫にパニックが眠る　（パニック）

パナマから長者に冷や汗が届く　（はらはら）

国連のコーラス指揮棒が多い　（ばらばら）

冷戦の尻尾は戦好きだった　（番狂わせ）

給茶機が逆転劇を書いていた　（　〃　）

テロと遭い芯から冷えてきた地球　（冷える）

七十五億ヒト科が定員を超える　（びっしり）

パンドラの箱九条が触れない　（微妙）

成果主義スーダラ節が歌えない　（不運）

不況着る街でスーツが黒くなる　（服）

女の胃ハンドバッグへ底がない　（袋）

逆転に逆転女神は白洲でも遊ぶ　（ふらふら）

キーワード磨いて稼ぐ評論家　（プロ）

英語ペラペラ日本を語れない　（ぺらぺら）

団欒の皿に癒しが盛ってある　（ほのぼの）

刃こぼれの戦士で流行る神経科　（ぼろぼろ）

戦争と平和歴史は飽きてない　（マンネリ）

ＩＴの豆の木地球儀に繁る　（めきめき）

合併の社名沽券が貼ってある　（面目）

黙ってる神　代弁がよく喋る　（黙々）

黙々と食べて離婚の明日を買う　（〃）

想定外準備している大ナマズ　（やがて）

大画面小百合の皺がほっとさせ　（やっぱり）

本棚を買い足せというマンガ本　（病みつき）

名画館出ると町角巴里になる　（余韻）

格差社会誰かが笑う声がする　（笑う）

第二章

雑詠の部

人間だもの可愛いエゴは離せない

儲からぬニュースは出ない午後八時

BSでうれしく出合う拾い物

日々好日

テレビから出て短命な流行語

安保から止まらぬデモの馬鹿踊り

ぶら下げる欲が詐欺師に狙われる

パンドラの箱がブログに置いてある

戦略的互恵訳せば大嫌い

目の前を探して認知症候補

ナマケモノ僕の理想を見てしまう

百歳になっても若いサザエさん

コマーシャルトイレに行けと言ってくれ

雑詠の化粧は薄い方がいい

川柳は怖いぞ本性が見える

解るまい君らと前衛が吼える

嘘でしょうビールが水じゃないなんて

斜光線当ててると影が喋り出す

カラオケで演歌を歌うジャズマニア

ＳＮＳ不幸の手紙書きたがり

鈴なりのスマホが生える景勝地

教科書も騙しピカソは大詐欺師

ほろ酔いがいい人生の酔い心地

民主主義感情線も票を持つ

ユーモアがないエッセーはしゃぶれない

悲しみの鑿人生を深く彫る

サッチモの歌は陽気な哀歌かも

よく見ると何か悲しいピカソの画

神様も悲しいだろう空の青

広告で楽しみに読む週刊誌

面白いから本屋大賞買ってくる

おいお前俺に似てるな昼の月

訥弁に説得力を聞かされる

原罪という神様の言いがかり

葦の思索

終活をそろそろするか蝉しぐれ

雑草のようにコンビニ生えてくる

ギリシャから訂正が来る進化論

昭和から届く日本の忘れ物

日常を虫干しにする映画館

午後の幸いい音楽はよく眠れ

人間という猛獣に遭う歴史

神様のクイズ答えは霧で書く

不条理という神様のスネの傷

神さまに言いたいことが山とある

女子会の招待状がまだ来ない

アンテナを立て情報に襲われる

出不精なケータイが住む僕の部屋

左向け左と新聞のマーチ

類似品サルトルピケティードラッカー

六千円の本が格差を言い立てる

アメリカのまだ終わらない西部劇

大発明ヒト科が神様を作る

かくれんぼ眼鏡と遊ぶ老いの日々

見るものがないと見ているテレビジョン

帽子との仲が続かぬ忘れ癖

大衆に似て頼りない羊雲

教訓という最悪の川柳家

年金の暮らしデフレの方がいい

入門書飴がだんだん苦くなる

毎日が勉強ですと酒を飲む

ムー大陸と古書店で逢う久しぶり

インフレ目標経済学は狂ってる

レッテルを貼る新聞も政党も

クマモトで又ドジを踏む地震学

既視感がどこにも潜む現代史

ニッポンを傍観してる日本人

死ぬまで無事願って僕はエゴイスト

寂聴の本音晴美に訊いてみる

原点にジェラシーがある資本論

友情という寂しさの裏返し

ユニセフの賽銭箱に底がない

脱原発感情線が吠えている

差別語に本音の首が絞められる

半世紀ずっと食べてる一夜漬け

ブーメランみんなで投げた投票所

最大の不幸を後悔がくれる

葬儀屋の副業らしいデスノート

嘘つきの集まり僕も川柳家

マイペース守って少しくたびれる

人生の山下り方が難しい

趣味の毒皿まで食って死ぬつもり

幸せが酒屋の棚に並べられ

本当に悔しいだろう銀メダル

沖縄の本音を誰も喋らない

人口は考えてない医の進歩

まだ生きてます毒食べて毒呑んで

ビートルズ聴いて昭和に惚れなおす

いい声でした三橋美智也の最盛期

耳の至福

いい声で大好きだった春日節

ＬＰで昭和から聴くジャズの句

とろーりとビッグバンドがよくハモる

大トロの味だねジャズが耳で溶け
ジャズボーカル黄泉からの声に酔う
マイルスのペット酔わせる音だった

ジャズ道の道場だったジャズ喫茶

フュージョンが崩したジャズの志

後継ぎが居て頼もしいモダンジャズ

ゆるゆるの音符で癒すハワイアン

とろーりと聞くＬＰのまるい音

ウインナワルツ僕の心も踊りだす

ジャズソングひばりのスイングが凄い

全身浴フルオーケストラの音の滝

人生の日暮れに浸るブラームス

先ずビールうがいしてから酒にする
アバウトな舌がこだわる純米酒
ほろよいがちょっぴりくれる無重力

酒よ

お終いもビールで喉をよく洗う

気が付けば金婚過ぎた酒と僕

バッカスに出す賽銭は惜しくない

夕暮れにドタキャンになる休肝日

やめにして人間になる休肝日

幸せとかけてビールと夏が解く

休肝の腰はおでんに砕かれる

あの世にも酒がありそう茜雲

酒というサプリメントが効きすぎる

天国へ一時行けるアルコール

まだ生きていたいと思う美味い酒

ある夜に風呂で溺れた青い鳥

妻よ

先に逝く賭けにもらった一敗地

朝起きてまた噛みしめる妻の留守

無神論ながらあの世を考える

仏壇の向こうこんなに近いとは

寂寞を着て寂寞が脱げぬまま

時が塗る忘れ薬に期待する

コンビニの籠に独りを確かめる

つくづくと思う男は弱いもの

妻連れて行ってみようか一人旅

あとがき

四年ほど前に、初めての句集「斜光線」を出しました。今回は新葉館の勧めに応じて同社の企画に参加することにしました。「句会大好き人間」の私ですから前句集と同じく、句会吟（題のアイウエオ順）を最初にして、苦手の雑詠は後にしました。但し雑詠の中の「妻よ」は、今年〈二〇一七年〉一月に自宅の風呂場で溺死という奇禍に遭った妻への追悼句になってしまいましたが、私にとっては久しぶりに力を入れた句になったと思っています。多分沢山おられる同じ境涯の方から、感想がいただけたら幸いです。

柳言の通り私の主張「川柳はウガチである」は変わりませんが、最近は歳のせいか、ウガチのない川柳にもいいものがあると思うようになりました。それでもウガチのある句の方にどうしても軍配を上げてしまいます。本書の「句会吟」の部では題と句のマッチングとウガチをご賞味いただけたら幸いです。

このあとは、趣味の川柳とオーディオと酒と二人の娘を杖にして、天のおぼし召しに従って生きようと思います。よろしくお付き合いください。

なお新葉館の竹田麻衣子さんには原稿が大変遅くなりご迷惑をおかけしました。お詫びとお礼を申し上げます。

二〇一七年十二月吉日

阿部　勲

●著者略歴

阿部　勲（あべ・いさお）

本名・阿部勲。
昭和一〇（一九三五）年　東京生まれ。
川柳事始め　平成一〇（一九九八）年、ＪＡＳＳ川柳教室（講師・上田野出氏）に入門。
現在、川柳研究社幹事、ＮＨＫ学園川柳講座講師、東都川柳長屋連店子。
川柳句集に「斜光線」。

川柳作家ベストコレクション
阿部　勲
ほろ酔いがいい人生の酔い心地
○
2018年 4 月24日　初　版
著　者
阿　部　　勲
発行人
松　岡　恭　子
発行所
新 葉 館 出 版
大阪市東成区玉津1丁目9-16 4F　〒537-0023
TEL06-4259-3777㈹　FAX06-4259-3888
https://shinyokan.jp/
○
定価はカバーに表示してあります。

ISBN978-4-86044-698-7